풀과 나무에서 별을 보며

풀과 나무에서 별을 보며

엄환섭 시집

문지사

내 마음속에는 사나운 짐승이 수도 없이 많이 살고 있다.

그 사나운 짐승이 내 손발에 없어 천만다행이다. 그런 사나움을
극복하고 마음에 안정을 찾아 나서는 길을 책 속에서도 찾아보았고
또 명상으로도 찾아보았다. 그러나 답이 있는 듯 길이 보이는 듯
하였을 뿐 그것은 희미해지다 점점 더 어두워졌다.

하지만 하늘을 보고 새 소리를 듣고 풀과 나무와 숲을 지나다
바람 소리를 듣고 바람의 냄새를 맛보고 물을 보고 물을 먹고
구름을 보고 안개를 보고 꽃을 보고 새를 보고 새소리를 듣고
산으로, 산으로 길이 있는 길도 가고 길이 없는 길도 가고 했다.

그 일을 수없이 반복하는 사이에 내 마음 속에서 그 우글거리던
짐승들이 점점 사라져갔다. 그때부터 내 마음은 조금씩 편안해지기
시작했다.

만약 나처럼 다른 사람도 마음속에 사나운 짐승들이 살고 있다면
그 짐승들을 늙고 병들게 하는 풀과 나무가 있는 숲속으로 인도하고
싶다. 그리고 하늘에 수많은 별을 같이 보고 싶다.

오늘 유난히 바람이 많이 분다
산에는 숲이 흔들린다
바다에는 파도가 친다
끝없이 흔들리는 숲이 아니라,
흔들리지 않는 숲속에 숲을 보고 싶다
끝없이 파도치는 바다가 아니라
파도 밑에 바다를 보고 싶다

2019년 초여름에
엄 환 섭

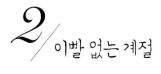

2 / 이빨 없는 계절

3 / 겨울비 플랫폼

4 아버지의 그늘

1

바다의 아침

갈대밭

공중에서의 중심은 공중이겠지

참 능숙한 솜씨로 온 몸으로 흔들었다
껍질이 벗겨진 날은 뼈가 다 드러났다
한 줄기 바람으로 걸어온 시간 시간들
제 몸 어딘가에 접혀 있던 황소 발톱 같은 권태를 깨우고
힘껏 부풀어 올라 꼿꼿하게 사는 법을 고수하며
세상에 없던 호들갑도 파고들어 길을 밝히겠다고 기를 세우며
울고 또 울었다
그때마다 널브러진 상처, 할 말도 많았다
눅눅한 갈 밑에 펼쳐진 물길을 보듬어 서로가 하나로 묶여 밭을
이루는 것은
젊어서나 늙어서나 텅텅 빈 하얀 가슴뼈로 우는 어머니의 마음
골목길 휘돌아 아릿한 봄기운 감고 감아
한쪽 눈, 질끈 감고서 가지 끝까지 펼치는
쉬 잠 못 들어 흔들리는 갈밭은 환하다
욕망이 부풀수록 바람은 더욱 무거워져 온 몸 마디마디 휘어진다
바람이 갈 끝을 말아 쥐고 따뜻하게 무너진다
제 몸 바람을 잠재우지 못해 천기가 무너져내리는 가녀린 몸
한껏 부풀어 올라 꼿꼿하게 서는 기척만 있을 뿐

봄이 갈 때마다 여름이 갈 때마다 아득한 시간을 날아온 너는
몇 년을 기다린 긴 날개를 흔들며 소리 내어 운다
발톱 속까지 생긴 서러움을 양말처럼 벗어 던지며 무궁무진 운다
하얀 가슴뼈 사이사이로 잠언의 말들이 앉았다 섰다하고
푸른 계절을 다 보내고도 하얗고 미지근한 차가운 계절까지
호들갑스럽고 참 따뜻하게 불 밝힌다

봄여름 못다 미행한 길을 온 몸으로 묻는 너는 누구인가.

겨울나무

한 번 두 번 추락해본 후에야 비로소 알 수 있었네
몽롱하게 날아다니던 잎들 후두둑 숨고
날개가 되지 못한 나무 가지만
홀로 꿈을 꾸고 있었네

낯선 바람과 모진 생을 이기는
엄마의 거친 손 같은 햇살이 손을 내밀었네
엎드리고 엎드려 땅 속의 정적 속으로
기어들어가고 싶었지만
숨결마다 비집고 들어온 살얼음 속에서도 새 움은
쉴 사이 없이 태어나고 있었네

새 빛에 눈뜬 사랑 하나
언제나 떠날 수 있던 잎도 날개도 없네
맨살을 다 내놓고
홀로 서는 것들의 상처에
밀고 밀리는 몸짓마다 당당함이 있네
말랑하고 얇은 껍질 속에 새싹은 뜨겁네

화려한 말과 눈웃음과 포옹의 날들만 기대할 수 없는 것

나무 한 그루가

나무의 눈으로 느끼는

고개를 높이, 높이 들어

허허벌판에 이불도 한 장 없이

겨울 잠 속으로 들어가고 있네

무지개가 서는 것은 언제나 한순간

등 뒤로 남는 것은

안으로 고여 넘치는 살 에이는

깍일만큼 깍인 곧은 자세뿐

초록동물의 겨울나는 소리에 발이 시렵네

꽃길

꽃, 하고 발음하면 접힌 표정이 펴지는 사이 자연이 하루 종일 웃는 해의 입 모양을 생각한다

그래 이파리 하나 세상에 나오지 않았어도

배가 아프도록 웃는 아이들에게 옷 입는 법을

우수 지난 바람이 가르칠 때 따뜻한 시간이 불어가는 쪽으로

무심코 바라본 허공

머리카락은 물론 온 몸에 작은 솜털까지 모두 동원해 기를 세운 아지랑이가

하늘로 모락모락 더러운 세상이 옷 부여잡지 않은 곳까지

아등바등 오를 때 해 돋보기가 아라베스크한 문양을 짠다

하염 없는 입맞춤으로 다시 꽃! 하고 발음하면

입술을 양쪽으로 누군가 살짝 당기고 있나

느슨한 빨랫줄을 잡아당기나

빨주노초파남보 빨랫줄에 여러 가지 속옷과 겉옷들이 걸린다

잠깐 무표정하다 웃는 바람이 나무쪽으로 휘어진다

모두 겨울잠에서 깨어나도록 먼 변두리 해의 살점까지 끌어모아

눈으로 실웃음을 지어 본다

눈으로 찡그려 본다

세계는 파괴 뒤에 오는 것 울음 뒤에는 웃음이 오는 것

누가 연주하는지 온 세상이 아코디언처럼 펴졌다 접혀진다

나무껍질의 두께에 따라 빠르게 더욱 빠르게

허공을 해의 발바닥 장력으로 채우고

땅에 실금을 긋고 튀어오르는 새싹들 머리까락이 솔풀처럼
출렁거린다

꽃이라는 말은 언제 속삭여야 예쁠까

이런 생각은 또 누가 하고 있을까

누구의 꽃으로 온다는 건

이월 영등바람이 지난 나무가 몸을 바꿔 체온을 올리고
따뜻한 바람의 깃을 세우며 현란한 춤을 추기 시작한다
한 떼의 부리 노란 새 움이 비늘을 펄떡이며 뱉어 내는 향기가
천지를 휘감는다
거칠고 가쁜 숨 참으며 맺혔던 속울음은
마음속 깊은 배꽃을 향한 인내다
차가운 서리가 온 몸을 뒤채며 이리저리
아무리 꽃눈을 칼질해도 누구의 꽃으로 온다는 건
붉은 건 붉게 울고 새파란 건 새파랗게 운다는 것
많이 어둡고 많이 중얼거리고 많이 울먹이다
온 몸이 바싹 마르기까지 해도
누구의 꽃으로 온다는 건
누구의 꽃으로 산다는 것
영등바람이 세상을 아무리 뒤흔들어도
바람의 뒷모습은 아릅답다
햇살의 잔뼈까지 나무에 꽂히니
꽃잎이 꽃잎에 붙어 전율하듯 시끄럽고 다정하다
나는 또 누구의 꽃으로 살면 더 다정할까

빈 들녘

산자락 들쑥날쑥 안고 내린
하늘도 가라앉은 다랑이 논
듬성듬성 짚가리들
먼 별자리처럼 아득한 배경으로
편안하게 누워 있다

모두 비웠으니
뒤집혀도 슬픔도 기쁨도 없다

새파란 건 새파랗게 운다는 것
사방에서 인연들은 마른 소리를 내며 나뒹굴고

이랑이랑 지푸라기
아무리 헤집어도
빈 들녘 그루터기는 죽은 듯 말이 없고
산그늘만 까칠했다

능소화

숫슬대문 하나 넘지 못해 가지가지 휘어진 하늘 움켜쥔 새벽
오늘도 안동댁은 집 앞 멀리 거북목을 빼고 밖을 내다본다
목 디스크 심한 그녀가 피해야 할 생활 속 자세란다

붉은 황토 담장 꽉 움켜쥔 거미손 박박 비비며
거친 갈기를 세우고 먼 산을 일으킨다

자나 깨나 줄을 세운 그리움이
더위에 지쳐 살포시 잠들어도
잠귀 밝은 톱날 같은 능소화 잎사귀들 허공을 뒤척이면
속 깊은 맨가슴 고르지 못한 그녀의 삐걱대는 마음
쉼표도 느낌표도 붉은 하트로 줄을 선다

숫슬대문 밖 마파람이 분다
두 손 마주잡고 오는 사람 가는 사람
눈썹 밑까지 붉은 연인들 소곤소곤 목소리 더 높아지면
안동댁은 대문 안에 숨어서 눈시울 적시며 운다

해외지사에 나간 사십대 남편은 귀가하지 않았다
더없이 말랑하고 따뜻한 말은 사라지고

왁자지껄한 얇은 껍질만 남았다

블라우스에 화장기 절은 목을 포도주로 축이고
바람에 풍화된 닻 다 내렸어도
해외에서 돌아올 그의 긴 온기를 밤마다 가슴에 채우면
소리 없이 야윈 달이 차오른다

알싸한 새순 같은 입 앙다문
뭉툭한 꽃송이 하나 둘 뚝뚝 떨어져
붉은 발자국을 꾹꾹 찍는

말 사면 종 두고 싶다

골목을 빠져나오는 길
두 다리가 엉키는 것 같았다
그 다음엔 머리카락이 엉켰다

어쩌다 장판 하나 갈지 못해
빈 새벽 사거리에 나와 쪼그리고 앉아서
누가 내다 버린 왕골돗자리는 아니지만
아직은 쓸만한 민무늬 장판을 앞뒤로 뒤집어 본다

산을 넘어가는 늦은 달이 밟고 간 장판은
쓰레기를 등에 업기도 하고
바람을 따라 날아가는 산만한 삶의 궤적들을 품기도 하며
비스듬히 서 있는 듯 허리를 구부리고 누워 있는 듯
물에 젖은 쓰레기와 재활의 경계선 위에서
긴 밤 내내 고요에 들어 어둠을 걷어내고 있었다

온전한 물건으로는 사용이 불가능하건만
역전 옆 쪽방촌
할망구의 꼬불꼬불한 머리카락에
구멍 뚫린 방바닥을 셈하며 땜하겠다고

속살 환한 장판을 두리번두리번 가슴에 품고

쓰레기들의 경계선에서 아직 뿌리 내리지 못한 것들의

삶의 씨앗 몇 개 산란해 놓고

일 년 아니면, 이 년은

구겨진 허리를 쭉 펴고 잠들 생각에

무상에 세일중인 귀가하는 달을 안고

아픈 할망구가 곤히 잠든 빈 새벽

머리를 좌우로 두리번거리며

길에 심은 무거운 발걸음 집을 향해 아심이 갈 때

이런 새벽 집 나와 잠자리 춤을 추며 앞에서 걸어가는

중늙은이의 출렁이는 여자 엉덩이를 자꾸 훔쳐본다

거짓인 명제가 가득 찬 길 위에서…

바다의 아침

물과 물의 진한 만남이
파도를 만든다는 것을 바다에 와서 보네
잔주름 굽이굽이 바다를 달구어 삽시에 휩싸여 도는 물보라들
태산도 품 안에 넣어 온유를 되새기네
짐작컨대 하루를 업데이트하며 잠자는 바다를 깨워 일손 벌린
빨간 아침 햇살이 양떼구름 헤치고
숨가빠 달려와 헐떡이며 자연 대서사시로 자소설 쓰네

커다란 개펄을 참방대는 여인의 발자국 소리
봄볕에 검푸른 쪽빛으로 돋아나고
짠 바닷물 둘러쓴 참게들 차가운 아침 바다를 끌어 오고
구름도 타래치는 그 끝에서
손에 손을 잡은 파도의 달뜬 눈빛 켜질 때
따뜻한 동녘 바람이 바다의 어깨를 툭툭 치네

파도에 털리고 짓밟히고 쓸리기도 하며
온몸 상처뿐인 개펄이
지난 밤 달빛으로 무채색 촘촘한 그물을 엮어
아무도 보이지 않는 집을 짓네
허기가 짓쳐와 손 내미는

팽팽한 갈매기 젖은 울음소리 툭 하고 바다에 떨어지면

집마다 문 여는 동트는 개펄의 아침

말뚝망둥어, 달랑게 참방참방

붉고 검은 삶의 손발 뉘 보란 듯 들어올리면

만경창파 입 안 가득 꾹꾹 눌러 훅 삼켜버리네

보름달

어느 산골
빨간 사과 한 알
눈알 가득 불꽃들 살아 튄다
제 몸 끓이며 은하계를 걸어가나 내세를 걸어가나
너에게 이 우주는
어두운 밤 맨몸인 채로 비상하며 허공에 떠다니는
금빛의 둥근 등불이겠지
볼록한 배를 내밀어 볼록한 꿈을 내밀어
손톱 밑에 고여 있는 조각난 시간까지 모았다
밤의 사전에 하늘을 걷는 자의 신발은 달이라고 적혀 있다
흐르는 구름의 시간 뜨겁게 비비고 비벼
하늘과 땅의 빈 행간 채울 빛을 뿌리며
땅에 엎드린 아픈 길을 다 닳은 더듬이로 되짚어 가며
흔들어 깨워서 가야 할 높은 세계는 어디인가
잔주름 굽이굽이 달을 업는 대지 위에
붉지도 희지도 않은 턴테이블 음반처럼 구석구석 허기 달래고
어두울수록 얼부푸는 빛을 풀고
손에 손 마주잡은 이들의 달뜬 눈빛
하늘에 중심을 찾아가는 그리움의 노젓는
저 끝없는 천계는
캄캄한 밤에도 우리를 앞으로 나아가게 해

아파트 정원에 붙은 우물에 대하여

우리에게 우물은 발밑에도 못 미치는 저지대지만 우물 입장에서 수면은 최고 높은 하늘이다

아무리 높이 올라도 지면에도 채 닫지 않는 내 발바닥 밑의 말갛게 고인 우물

낮은 곳만 파고들어 부딪치는 물소리에 조금은 편해지는 나의 하루

물을 담는 우묵한 그릇을 만지작거리며 놀고 싶다

오늘 따라 허공에 갇혀 있는 손발들이 오두막집을 밀고 다니며 놀고 싶다.

공처럼 튀어 오르는 땅의 단내가 목구멍을 채울 때마다 온 몸에 힘이 불뚝불뚝 솟는다

성냥갑 집

누군가 만들어 놓은 모든 것 담을 수 있는 마음 하나

모두 다 높이 올라가고 싶어 고층 집 고층 사무실
성냥 뚜껑이 열릴 때마다 군함 같은 발을 끌고 잠시 무표정하다
발끝에 힘 하나 주지 않아도 스르륵 하늘로 올라간다
막힘 없는 해와 달 마주보고 가는 기나긴 몸짓이 절벽 끝에서
놀고 있다
불균형으로 균형 잡힌 하루, 하루 발밑으로 바람이 왔다 갔다
탁한 지상 위에 그 흔해 빠진 잎맥 없는 점자들 더듬더듬 매만진다
더 하늘로 올라가고 싶어 버둥대는 다리들, 그렇담 도보로 걷는
풍경과 전진은 다르다 말하지
황색 페인트칠한 저녁이 아파트에 업혀 아파트를 데리고 놀고
있다
아파트가 저녁을 대리고 놀고 있다

속을 비운다는 것은 무엇일까?
비워야 무엇이든 채울 수 있는 세상의 그릇들
그렇담 허공은 무엇이든 다 채울 수 있는 그릇일까
그 허공을 꼭 쥔 오늘 하루 어딘가로 흐르고 있고 흐른다는 것
은 또 무엇일까

녹슨 콘크리트가 아무리 싱싱한 허공을 쿡쿡 찔러도 허공은
죽음을 데리고 놀고 있다

이리 봐도 저리 봐도 절벽뿐인 우리 집 벽을 사이에 두고 무수한
방이 열리고 있다

무수한 창문이 열리고 있다

강이 강을 놓친 곳에 땅이 땅을 놓친 곳에 인공의 절벽들이 빽
옥히 서서 살아줄까 죽어줄까 놀고 있다

왜! 대지가 신을 벗어놓고 하늘로 걸어 올라가고 싶을까

부르튼 밑창 대신 홀가분한 날개로 너울너울 허공을 날고 있다

캄캄한 아파트에 반동가리 난 달이 뜬다

하늘은 모난 달을 발밑까지 감싸준다

문득 도착해 버린 바닥은 낮았고 낯설었다.

달빛 그림자의 찌그러진 모양을 따라 콘크리트 바닥에 하늘이
누워있다

산수유 잔해

노란꽃 진 후

잔가지마다 방울방울 이슬이 맺혔다

이슬이 별무리처럼 반짝이는 건 우연이 아니었다

미풍에도 온 가슴이 하염없이 흔들리며 저려오고

허기지는 잎이 수도 없이 많았다

꼭 다문 입술 사이로 새어 나온 파란 마음

너는 누굴까, 한꺼번에 소리 내고 부스럭거리는 너는 또

어디서 왔을까

저 반짝이고 글썽거리는 것들에는 여지없이

하늘과 땅이 녹아있다

우주가 있다

하지만 너는 가지마다 매달려

무슨 영감으로 허공을 걸어 다니나

낯익은 안마당 하루치 잰걸음도 오지랖 깊은 잎 잎에 담았다

시작도 끝도 가지 끝에 거꾸로 매달려

두 팔 두 다리 저려도 참고 또 견디며

아픔을 닦아내려 푸른 세상을 향해 끝도 없는 하늘을 품고

겨드랑이 피붙이의 살가운 배냇짓에

골목길마다 휘돌아 걷는 바람이 뒤섞여 색깔이 바뀐다

온 몸에 새겨진 길이 한 잎사귀에도 수십 가닥 아로 새겨

한 잎 한 잎 이슬방울 집이 되어

길 따라 네 생의 아름다운 색깔로 물들고 있다

연꽃 피다 1

한 점 티끌이 되어
흙탕물 속을 떠돌다

치솟는 야생 손가락 하나

물의 수평을 잡고 흔들다

불같은 기도로 연꽃 피다

연꽃 피다 2

바다가 비에 젖지 않듯

연잎 물에 젖지 않는다

스케이트

오랫 동안 외지를 떠돌다가 겨우 돌아온 날이다
나를 떠나보낸 건 긴 한 해였을까

짧은 꽃가마 속 춘몽을 지나 긴 장마 속 눅눅한 젖은 가슴을
돌아
저 혼자서 줄줄이 붉게 익는 갈잎의 곡예도 관망하고
세상이 바뀐 빙판 위에
두 발이 세상을 바꿀 것이다
지구의 둥근 원은 정수리에서부터 시작해 두 발끝으로 모을
것이다
분란은 스케이트에도 있고 사람의 마음에도 있고
하늘을 날아오르는 새에게도 있다
나비 같은 순한 눈이 줄줄이 오는 것은
문을 열고 들어가는 스케이트장의 마음일 것이다.

결빙 속에서 길은 자라나고
몸보다 먼저 스케이트가 맨발로 자갈더미라도 밟는 것처럼
사각거린다
내가 모르는 빙판이랑 대화를 나누려면 쓸 데 없는 말들까지도
필요해

빙판 위에서 두 발을 흔들고부터 유쾌해지겠지

아무것도 흔들리지 않는데 나 혼자 흔들린다

펄럭이는 팔과 다리를 왜 동시에 갖게 되었나

아니 날개를 갖게 되었나

뜬구름이라도 소화시킬 왕성한 식욕이 돋아났다

오르는 사람이랑 내리는 사람이 몰래 휘파람을 분다

바람의 두께에 따라 시시때때로 달라지는 빙판

하얀 결빙의 뼈대를 집으로 가진 차가운 영혼들

자세를 낮추고 하나의 각도와 눈높이로 칼을 세울 때 깊이

가라앉는 바닥에서

우리는 캉캉 달릴 수 있는 사람들

아침의 점묘화

어둠에도 알이 있다는 것을 처음 알았다
무거운 눈꺼풀에 눌린 밤이 옛날로 슬슬 돌아가고
하늘엔 빨간 불꽃 알 하나
흑마늘 껍질 벗기듯 벗겨져 산하에 밤이 사라지기까지
어둠의 행적들은 늘 도시로부터 꺼내져야 했으므로
전염병에 걸린 잠을 나눠 마신 헐벗은 자들에게
뒤설레치는 바람을 잠재운 젖은 하늘이 헐떡이며 길을 튼다

밤마다 등을 달군 별 하나 둘
저들도 숨어서 나눌 보이지 않는 뜨거운
사랑이 있나 보다
보이지 않는 사랑은 이별 없는 사랑일까

온 밤이 지새도록 모질게 밟혔어도
제 꿈을 밝히느라
소리 없는 천둥으로 툭하고
팽팽하게 얼어서는 동트는 아침
수천 수만 빛 조각들 뉘보란 듯 반짝일 때
우리 삶의 농담이 발목으로 번진다

토란의 맛이 토스트나 우유보다 촌스러운 줄 알았던

내 젊은 삶의 획수만큼 새벽은 연기를 피워올리고

깃털보다 가벼운 새털구름 재빠르게 긋는 획순들

강가에 솔솔 피어오르는 그리운 것들 물들수록 부푸는

안개 가족들 진한 포옹 굽이굽이 하루해를 부른다

안개는 밤새 엉엉 울면서 강물이 그린 지도

어머니가 알뿌리 넣어 끓인 토란국물 맛에

깨끗해지던 아침

헐벗은 세월 너머 내 어릴 적 입맛들이 두근두근 혀끝을 당겼다

알은 부화하는데

처음부터 거기 있었는지
풀잎이 사선을 그리며 떨리고 있다
다행이 지나가던 개도 없었고 사람도 없었다

나뭇가지를 흔드는 바람이 풀을 흔들며 간다
어미 새는 먼지보다 더 작게 숨을 몰아쉰다
날개 속에 감춘 발톱도 조마조마 꼼지락거린다
같은 이에게 다른 피가 돌 때가 있다

슬쩍 잡으면 깨어질 것 같은 옹기종기 알 몇 개
사방에 적막이 걸어 다니고 있었다
뼈를 다 버리고 웅크린 동그란 마음으로 바닥을 문지른다

세상으로 나오는 길은 양막 안에 침묵하고 있는 양수였다
물이 출렁인다
손발이 도달할 문장은 창가에 머리를 두고 머리카락이 흥건히
엎질러진다
어머니의 넝쿨이 길이를 못 이겨 출렁출렁 흘러나온다

문을 열면 더 많은 문을 궁금해 하는 사람들

문의 행방은 항상 누구를 기다리는 것 같다

문이 문을 기다릴 일은 없을 테니까?

아무도 그 정체를 모르고, 아무도 그 종을 분류하지 않는, 껍질 속으로 빙글빙글 돌아나온 두 눈이, 꽃가루에 눈 먼 허공을 바라본다

다음엔 손발이 엉키고, 다음엔 털이 엉키고, 엉킨 털이 몸의 구분이 모호해지도록 출렁인다

접힌 몸을 펴는 사이 실금은 갔고

최초의 너는 어디에 있었을까

지금도 너에게 금이 가고 있다

얼굴에 목에 손등에 손바닥에 금이 금을 만나고

금이 금을 부축하며 아무도 보이지 않게 온 몸을 뒤덮는다

나는 매일 껍질을 깨고 내 안으로만 걸어 다니고 있다

2

이빨 없는 계절

월천강

월천 앞에 가서 가만히 서 있으면
월천이라는 기억이 물 위를 걷는다

혼자 서 있어도
둘이 서 있어도

갈대를 지나간다
모래를 지나간다

물소리는
코를 훌쩍거리며 부르는 아이들 노래다

갈대가 기우는 동안
물이 넘친다

눈 앞에 강 하나
안개가 되어 날아간다

알레르기 심한 물이
거꾸로 누워있다

누수

누구나 태어날 땐 목청 돋은 울보였다

좁고 긴 가슴 터널 증명이라도 하듯 터져나온

태초에 그 울음소리

등이 하얗도록 부둥켜안은 그 동그란 몸뚱이

제 속을 내주고 가슴골에 송곳 구멍 뚫었나

눈물을 묻어둔 그 속 깊은 집에서도

더 이상은 기댈 곳이 없었다고

바닥에 떨어져야 마음이 가 닿는다고

마냥 똑 똑 똑 소리낸다

이 소리는 끝없이 되풀이되는 누구의 에필로그인가

찌푸릴수록 선명해지는 누구의 생애인가

굽이굽이 어두운 길을 돌아나온

살 속에 가시 박힌 그 눈물 하나 둘

이제 제 몸 어디에도 숨길 수 없어

닫히지 않는 문처럼 시도 때도 없이 뚜둑뚜둑 삐걱거린다

아무리 이 악물어도 터져버린 눈물이

더없이 말랑하고 껍질 없는 저 알맹이들이

눈물 붕괴 현장을 똑 똑 똑 작은 소리로 보여주고 있다.

이빨 없는 계절

아삭, 창문을 여는 아내의 이 기척

부푸는 두 입술의 둥근 바람을 빨아들이면서 그녀는 입 안에 어금니가 점점 작아지는 것을 느꼈다

아픈 이빨로 걷는 것이 힘들 때가 많아

혼자 있을 때는 틀니를 벽에 걸어놓고 가벼운 외출도 해보았다

이빨 없는 그의 하루하루는 권력이 가늘어져갔다

모든 권력은 손에서 음식을 이빨로 옮겨갈 때 강해진다

이빨 없이 눈치만 보는 것들의 심장은 언제나 무거운 법

맹수에겐 입 안에 들어 있는 이빨만이 무기고 권력일 테니까

이빨이 자랄수록 얼마나 많은 세계들이 뭉그러졌던가

치아를 떠나지 못하는 잇몸을 누군가 붉은 전구를 돌려 끄고

배차 간격 길어진 기차를 기다리며 단맛과 향신료가 듬뿍 배인 거리에 치아 이식란 전광판에 글자들이 반짝이고, 질긴 노동에 거칠어진 남편의 손이 다가와 그녀의 어깨를 슬쩍 잡아준다

배추이파리에 벌레처럼 달라붙은 상념들이 오락가락

입 밖에 난 검은 이빨 한 개 두 개 또 한 개 두 개

여름 내내 흔들리다가 간 K치과

입 안을 도는 레이저 황금빛 순례로 소나타 한 대를 입 안 가득 심었다
    그녀의 옆 눈으로 본 TV에서는 뒷목에 큰 혹 달린 할아버지가 나오고
    일 년 농사 총 수입이 이십만 원이라며
    세상에 이런 일이 TV프로로 방송되고 있다

    그의 입 안에 들어와 아름다울 정도로 아삭아삭 소곤소곤 거리는 건강한 속삭임이 시작되고
    세상의 누구보다 더 아픈 찡그린 표정들을
    그의 이빨 사이에 거슬린 말들을
    마음의 알갱이로 아작아작 씹어본다
    입 안 허공까지 시린 입맛에 어지러웠던 이빨 사이사이로 눈치 없는 파란 별이 하늘이 내린 무궁무진한 풋사과처럼 조롱조롱 매달린다

자전거 하이킹

공평한 두 바퀴 저울에 앉은 지상 자리에서

영화처럼 비행접시 잡아타고

하늘이 맞닿는 곳으로 나는 꼭 날아가리라

숨 쉬는 허공에 흘려 하늘에 매인 별을 물어보리라

녹색 피 심장이 부푼

산줄기는 뼈대 물줄기는 혈관

혈관부터 뼈대까지

자전거는 제 몸 무게보다 더 덜컹거리고

헝클어진 영혼들이 칡넝쿨이 되어 굴러오고

길 속 정수리에 참빗을 꽂아 머리를 손질하고 내달리면

오래 전 강에 익사한 구름이 살아서 다가오지

소실점이 아득한 자유

멈추지 않는 길이 속도를 만나면 벼랑이 될 수도 있지

관성의 힘으로 달리는 수레바퀴

서서히 지워가며 말라가는 자국들

그 작고 뭉툭한 신발이 휘청거릴 때마다 길에 몰려든 숨 가쁜
호흡들

머리핀으로 우주선으로 날아가는

한편의 완성된 질주는 누가 뭐래도 자유다

너는 붉은 화살표

푸른 공기를 들이마시며 두 발로 톱니 모양 신발을 쓱싹쓱싹
시간과 날짜를 썰고 있다.

고개를 들었다 숙였다 바람을 비틀다 보면 길에서도 봄이 꽃필
수 있다

바람에 아무리 눈물을 흘려도 슬픔이 없다

지나가는 자전거 바람이 흰 나비 날개짓에 머무나

파닥거리는 꿈의 이파리들 깔깔거리는 메타세콰이어 길로
달리며 초록빛 꿈을 세운다

책상

책상을 하나 장만했어요

옛날 네 칸 두 줄 배기 집

옛날식 콩땜한 자리 바닥에 놓여있던

둥글고 네모난 것입니다

오랜 공복의 위^胃 같은

작은 서랍 몇 개 그 속에 놋젓가락도 하나 있어요

평생 걸음을 걸어도 책상을 벗어나지 못하는 발

보일 듯 말 듯 잘 보이지 않는 마음 같은 네모난 것입니다

그 속에 나를 넣고 싶은데 전생과 후생을 감지하는

나의 두개골은 너무 커서 들어가지 않아요

책상만큼만 조용히 앉아서 시를 쓰고 싶어요

또 서랍만큼만 조용히 빈 마음을 갖고 싶어요

요즘엔 그래서 빛 바랜 야광별 대신

햇빛 내장이 무수히 박혀 있는 스마트스탠드로 불을 밝혀

벌레가 아무리 성가시게 굴어도 아무렇지도 않게

뜨거운 심장과 발 빠른 시선으로

깨끗하게 빛나며 항상 민감한 반응을 보이는

인터넷 사전을 열람합니다.

그럴 때 가끔 책상 서랍에 대하여 다시 무엇을 넣을까 생각하며

지금 여기에서

그 무엇도 잘 생각나지 않아요

그래도 정말 먼 옛날 곳이 내 앞에 참 정갈하게 놓여있습니다

칡넝쿨

산과 산을 잇는 등고선 사이에서 누군가 방지턱을 넘어서며 그물을 엮고 있다 잠깐 돌아서다가 그만 그늘에도 뼈가 있는 나무를 피한답시고 벌이 사는 집을 두드린 모양이다

벌은 불청객을 내모는 대신 한 점 지구의 여름을 끓인 꿀을 빤다 지난날 내가 옥죄었던 나무의 죽은 가지들이 나의 옆구리를 쥐고 철봉대처럼 내 속에 하나 둘 끼워져 나를 송두리째 뽑아버릴 것 같은 기세로 온 사지를 번갈아 마구 찌른다

그 하찮은 작은 가지의 들썩임이 하늘로 오르는 아니, 절벽을 오르는 사다리이었다니 이제껏 내가 숨어서 치켜든 날갯짓이 속내를 서서히 드러낸다

나는 잠깐 웃는 얼굴을 연습한다 그리고 온 몸에 끈끈한 욕망의 비늘을 세워 똬리를 틀고 얼기설기 목표한 곳만큼 전진한다 허겁지겁 음식을 비우듯 손바닥을 벌려 밥상에 그릇을 올려놓듯 여기저기 손을 펼친다

이건 매일 밤낮으로 내가 꾸는 꿈일까 빳빳한 뼈 하나 없이 겨드랑이를 간질이는 내 피를 죽도록 젖는다 그리고 허기진 배 움켜잡고 빈틈 하나 없이 넓적한 손을 사방으로 심으며 거무튀튀한

바벨을 들고 또 든다

아무리 하늘 높이 쭉쭉 뻗은 가시나무 가지들의 감시가 붙박이
같아도 새의 휘파람 소리 우렁찬 저 창문 너머로 내 겨드랑이를
간질이는 아이가 오고 공중에 부력을 박박 문지르며 날아오는
구름 위에 구름을 심어 놓은 것 같은 갈화葛花가 이웃 나무에 붙어
바위에 붙어 매화산 한 자락에 자리한다

산꼭대기서부터 산 아래로 폭우가 아무리 쏟아져도 두 눈
부릅뜨고 하늘 높은 줄 모르고 무작정 오르는 나뭇가지를 모
아 집을 짓고 또 짓는다 누워 있던 내 넋까지 출렁출렁 일으켜
산사태를 막는다

여름철 체위를 바꾸는 것만큼 변화무쌍한 내 주소록

허공

빈 껍질뿐이다

입김으로 혹 불어서 날아갈 것뿐인 저것들이

어쩌자고 그 얇은 품에 헛바닥에서부터 배배꼬인 세상의

비명소리를 다 받아들여 흔들리는가

우리 어머니가 나에게 그랬던가

작고 얇은 그 헐렁한 품에 나를 받아들여 일생을 흐느꼈던가

잎사귀마다 숨은 벌레들이 바스락거리는

그 소리를 다 듣고도

누군가 퉤퉤 뱉은 침처럼 끈끈히 묻은

먼지를 닦아내지도 않고 받아먹으며 크르릉 크르릉

괴상한 소리를 지르지 않았던가

빈 껍질뿐이다

푸른 잎사귀 하나 메마른 잎사귀 하나 몸에 가지지 못한

너의 그 생의 무늬결 하나 없는 품은

지루하고 긴 긴 잠만 자고 있는 듯하다

잎사귀마다 평평하게 부풀어 올라 축포처럼 터지는

봄의 숨소리 속에서도 너는 찢어진 구름을 머리에 이고

넝마처럼 펄럭펄럭 널려있다

때론 햇빛을 지키고 바람을 지키고 물을 지키고

사람을 지키는 평화전선이긴 하지만
빈 껍질뿐이다
아무도 없는데 들킬 것도 없는데 엿들을 것도 없는데
너는 끔찍이 조용하다
너는 그림자 하나 없이 투명하다
가끔씩 날아다니는 소금기 머금은 살찐 새들의
완전한 놀이터이긴 하지만
하늘과 땅의 가운데서 귀를 열어
바람을 산란하는 너의 품은
우리가 오를 수도 없고
우리가 올라서도 안 될 신비의 투명한 여백이다
사람의 뒤통수에 붙은 저 깊은 음부는
세상의 바람을 다 받아들이는 소문난 성모다

거울의 전개

거울아, 눈 감지 않는 거울아

널 따라 네 몸에 들어가 날 팔고 싶은데

들어갔다고 이제 나는 사라졌다고 나를 다 숨겼다고 했는데

욕조 안 물의 엉덩이가 둥둥 떠올라 우주가 팽창하는 순간

물고기 한 마리 흔들고 놀았는지

차갑고 단단한 거울만 물렁해졌다

락스를 풀어 놓은 듯 투명한 색깔로 세상에 모든 기록은 명료해

졌다고

나는 너에게 대해 쓴다

바다도 아닌 태양도 아닌 바다도 없는 태양도 없는

네 몸 앞으로 스르륵 얼싸안은 내 몸 허공이 되어 숨죽인다.

매일매일 더 늙은 모습으로

거울아, 눈 감지 않는 거울아

문 하나 사이에 두고 웅웅대던 너와 나 하늘이 출산해 놓은

둥근 시간을 돌아

우주와 지구를 떠돌던 잠들지 않은 내 시선이 너를 더듬기 시작
한다

노크 소리 하나 없어도 스스로 문이 열려

내 골치 아픈 소행에도 너는 나의 아침을 활기차게 열어준다

자연스럽게 아주 자연스럽게

그래서 때론 엉성하게 때론 시끄럽게 네게 붙어 있던 나도

웃어야 할 시간에 울고 있었던 나도 욕실에서 갈라져 홀가분하
게 너를 떠날 수 있다

모두가 소동 부리고 떠난 자리 맨몸뚱이 비비며 한결 같은 마
음으로

차가운 벽에 등을 붙이고 서서 네 안에서 세상 모두 다 비출
꿈을 꾸며

맑은 눈을 뜨고 꾸벅꾸벅 졸고 있는 너는

후끈 달아오르고 싶었으나 어두운 벽을 등지고 서서 표백된 얼
굴로 마음을 비우고 있다

너는 또 유일하게 나를 바라보는 또 다른 나다

견우화

캄캄한 마을의 막다른 골목

수없이 헤매던 길 끝에 다다라

별빛도 달빛도 오라고 소리치며

네 안의 또 다른 세상을 향해 나팔을 분다

뜨거운 온기 다스려 숨을 고르는

줄기 끝에 맺혀 있는 저 순백의 애꾸눈이

바깥세상을 밝히고 있다

아프게 찔러오던 갈등의 비린 나날들 절룩대지 않는 삶이 어디에 있을까

아리고 쓰린 추억이 코를 찔러도 제 몸의 짐을 온몸으로 버틴다.

만나볼 얼굴도 없이 매일 밤잠을 청하며

일 년도 못 살고 무너지고 부서져버리고 말지만

갈퀴손 갈퀴발로 세상을 휘잡아 초록빛 꿈을 세운다

한물간 눈알 초점 없는 세상

지나가는 바람에 비린 풍문이

이런 설 저런 설

설, 설, 설 난무하는 네 안에 아롱진 목소리로 외쳐본다

오른쪽은 하나도 모른 채 왼쪽으로만 감아도는

눈길과 발걸음

가늘고 여린 씨줄을 타고 하늘로 도망치듯 헐레벌떡 날개짓
하고

　남색 살 드러내며 외로 꼬여 우는 소리가 하늘에 가 닿으면 몸을
동그랗게 마는 견우자들의

　검은 손가락 발가락

　속없는 납작한 뼈마디 마디 쪼그리고 앉는다.

나는 감홍시다

언덕 아래 마당이 장식으로 된 감나무 가지에 앉아 바람을 신으로 섬기기로 한다

바짝바짝 팔다리를 끌어안는다. 이슬이 몸에 내려도 미세먼지가 몸에 내려도 속살을 젖지 않으려 한다

작은 토마토처럼 간결하게 벌거벗고 있다

나는 나를 초대라고 부른다. 어떤 것은 자세만으로도 생각이므로 나는 내 안에 있어도 없어도 그만이겠다.

그러면 배고픈 이들은 나와 가장 친한 척을 한다. 그러다 어느새 손을 부드럽게 잡는다.

한 자세로 녹이 슬었으므로 고혈압 환자가 된다

어룽대는 붉은 물그림자로 위로 정적과 고요가 온몸 안에 고이기 시작한다, 그때 모르는 새들이 날아와 부리를 화살같이 모으고 입맞춤을 한다. 이것을 가슴과 가슴을 여는 악수라고 이름 짓는다.

구석구석 내 속에 담긴 붉은 당도를 꺼내 모두 같이 읽는다

바람이 분다
나는 새의 기억을 가진 물렁한 혼이 되어
붉은 공으로 혼자서 땅에 떨어진다
어디가 닿아도 몸을 행성처럼 반짝이며 깊은 악수를 청한다
고양이도 뛰어오고 개도 뛰어오고 새도 날아온다.

밤송이

이제 떠날까
내일 떠날까
다시 와 두드리는
낡은 집 하나

밤송이 하나에
반 쭉정이 하나
잘 여문 두 개 알

겉으로는 작고 큰 가시들뿐이지만
속의 속에는 눈물꽃 그렁그렁 피워가며
각혈처럼 한 알 두 알 반 쭉정이까지
이별인 듯 사랑인 듯 쏟아놓는다

비로소 헐거워진 몸뚱이
허공에 걸어두니
작은 바람에도 아우성치며 떨어진다.

뿌리 대 탐험기

-시체놀이

 통로는 좁았다.

 로퍼를 타고 도착한 지하 계단에는 찢어진 손발 같은 하이힐 같은 짐승들의 허울이 여기저기 널부러져 있었다. 내게 왕강하게 매달려 있는 눈꺼풀 지퍼를 열 때마다, 두 눈 껌벅이는 긴 황소 울음소리가 내 옆구리를 지근지근 파고들었다. 초록짐승의 길게 내뿜는 숨소리의 올가미에 나는 꽁꽁 묶여 있었다. 그 뿌리들은 어둠 속 지하로 땅굴을 파며 발아하기 시작했다. 그리고 뿌리의 어원을 알아 지저분한 몸을 털어 길을 가며 지상 어디쯤에 수림을 찾아 푸른 눈망울을 반짝일 생각도 했다. 우리는 아무것에도 물들지 않는 매끄러운 피부를 가졌다.

 하이힐에 두 발을 올려 발끝에 힘을 모아야 비로소 새 길이 태어나지.

 지하 계단을 빠져 나가기도 전에 기쁨을 껴안은 조그만 동굴 하나 아득히 뚫려 있었다.

그날은 아마 검은 색칠로 표시된 일하는 날이었다. 굽 낮은 안전화를 신고 야근까지 하는 날은 밤이 낮이 되고 낮이 밤이 된다. 아주 떨어질 수 없는 홍조 띤 초록잎을 배경으로 앉은 날씬한 새가 눈에 들어온다. 눈도 털이고 털도 눈인 나이지만 털갈이 중인 땅콩이슬로 살이 여물어가고 있었다. 굴다리 넘어 잔털이든 뿌리든 상관 없는 흙이 바람이 되어 비가 되어 빛이 되어 내 발목을 잡고 놀았다. 빨간 색칠로 된 일요일라고 쉬어야 한다고 아무도 말하지는 않았다. 이리저리 온몸을 자반 뒤집기를 하며 시체놀이를 하는 뿌리 대 탐험이었다. 슬픈 클레식 반주로 껌벅이는 숨소리가 땅 속의 흠집을 찾아 지금도 스크럼을 짜고 있다.

　빛이 없는 골방 내 자폐증은 캄캄한 땅 속에서 꿈틀거리며 살아있다.

봄이 오기까지

나무의 움들이 뻗어내는 손발가락이
병아리가 부리로 땅을 쪼는 것 같다
어두운 땅 깊숙이

바람결에 웅크린 채 헛손질로 깊은 생명
그 작은 어깨를 감싸안으며 달래는 건 하늘
파르르 물 오르는 소리가
누웠다 일어선다

바람에 기울기를 맞추는 솜털뿐인 주둥이들
울음소리 하늘로 날아오르고
햇살은 숲속으로 은빛 날개를 던진다

남쪽나라 저 너머 아지랑이들이 물빛에 젖을 때
가까운 능선에서 머나먼 정상까지
쓱쓱쓱 사방에 날을 세운 쇳소리
하루하루 무뎌진다

이빨 다 빠진 설산
공기는 더욱더 더워져

그 많던 겨울의 기억과 사연은 어디로 팔려가고

한 떼의 물까치
울음을 뱉어내는 산 속
햇살에 발 맞추어 파르르
하늘이 누웠다 일어선다.

도배

한 길 높이 두 길 높이 긴 도배칼 휘두르며
밀폐의 긴 시간이 우울증과 맞선다
흰 벽에 지린내 스며 있는 우중충한 파리들 뒷골목에서
옛 것과 새 것의 맞선은 혁명적이다
풀 다 바른 미소를 벽에 걸어놓고
바람을 앞서 나뭇가지를 떠나는 황갈색 잎새같이 적막하게 자기
굴대를 돌다 저 혼자 번지다 부스러지는 벽지들
가난의 깊이를 종이로 덮어왔던 흙먼지 속에서
가끔 전선을 따라 길을 가던 불빛으로 바깥의 소란을 막아왔던
등 돌린 냉혈의 긴 옷을 차곡차곡 벗긴다
칼날로 못대가리 몇 개 아무리 긁어내도
못은 온 벽을 점령한 채 단단하게 박혀 있다
홀로 세상을 마주한 어수선한 세모의 우리는
깊고 깊은 숲에서 건져 올린 싱싱한 나무 냄새나는 새의 춤으로
하늘을 응시한 눈빛으로 온몸에 후광을 쓴 나무들의 노래로
인간의 이목구비와 인격에서 오는 결핍을 방안 가득 채운다
세상의 방들은 종이 한 장의 두께다

손발자리에 못 자국 뚫린 벽의 결핍을
풀의 숨소리를
중생의 죄를 대신한 못을 모르고 살아가는 사람들에게 못을
가르친 하느님의 역사를

못자국과 창자국 뚫린 몸으로 숨어서 바람을 막아주는
사각의 벽과 소통하며 살아가도록
누군가 두 손 모아
사방에 꽃무늬 바탕에 새 옷을 차곡차곡 갈아입힌다.
두려움의 크기 따라
거꾸로 매달린 몇 평의 작은 하늘을 열려했던 허공과 연대한
단단한 천정에도 새 옷을 입힌다.
얇은 종이 속에 살집이 시간이 흘린 자국이 바람과 별을 먹은
숨결이
온 방에 보혈로 홍건하다

풀통은 무엇이 헷갈리는지 아니면, 미궁을 모색하고 있는지
누군가의 손이 닿기만 하면 착 달라붙는다.
하여간 풀은 일렁이고 있다. 어딘가에 화려한 착지를 위해
허기와 결핍으로 귓가에 날개를 끝없이 비비며 앙앙 울고
냄새나는 엉덩이로 누런 벽화를 구질구질 거리는 파리들은 이제
달갑지 않다
십자가의 단단한 힘으로 새로 태어난 수려한 이목구비가 오래
나를 바라본다

무주 리조트 눈썰매장

발 아래 잔칫상

밟힌 흰 식빵처럼 따끈따끈한데

번쩍이는 흰 꿈을 꾼다

얼음 알 톡톡톡 터지는 낮게 깔린 눈이 길을 만난다

사람과 사람 사이 그 틈에서 나도 길을 만난다

길은 맛있게 터지는 구천동 숲 사이에 있는 여기저기 눈의 꽃 맺

음이 길게 깔린

덜거덕거리며 씽씽 달리는 눈썰매길 아이들도 만나고 어른들도

만난다

지나온 길들이 뿌옇게 내 뒤를 따라온다

누구는 돌아오고 누구는 돌아가게 만드는 동토에 경사긴 눈밭

눈 위에 떠도는 가로 별 세로 별 삼각형 사각형 원형

그 떠도는 별이 여기저기 옹기종기 모여 있어 고맙다

투명한 온열 장갑이라도 낀 것처럼 따스해지기만 할 뿐

동토의 나라 마녀는 멋 부린다

마법은 다 그런 거지 울렁울렁 털털털 눈보라 속 보물지도 따라

반디랜드와의 대화, 머루와인 비밀 동굴과의 대화, 크루크와

대화, 비투르와 대화, 번쩍이는 사진과의 대화는 물렁물렁 맛있게

익었다

초경을 치른 비릿한 산맥 와락, 나무 속의 나무 맑은 바람 와락

야생의 눈 내면은 묻지 않기로 하자

은빛 꼬리가 몇 개 여우

용골이 앙상한 겨울의 비늘들이 내 뼛속까지 시려 와도

썰매의 멱살을 잡고 폭설로 치른 눈덩이는 반 뼘 안

눈보라는 한 뼘 밖

얼음꽃 눈꽃 앙금앙금 내 눈에 귀에 코에 흘러들어 두 눈을 부
릅뜬 채

합장하고 달린다

앞통수 뒤통수 예배당 종소리, 나의 겨울은 유독 더워진다

3

겨울비 플랫폼

산수유

노란꽃 진 후

잔가지마다 방울방울 이슬이 맺혔다

이슬이 별무리처럼 반짝이는 건 우연이 아니었다

미풍에도 온 가슴이 하염없이 흔들리며 저려오고 허기지는 잎이
수도 없이 많았다

꼭 다문 입술 사이로 새어나온 파란 마음

너는 누굴까, 한꺼번에 소리 내고 부스럭거리는 너는 또

어디서 왔을까

저 반짝이고 글썽거리는 것들에는 여지없이

하늘과 땅이 녹아있다

우주가 있다

하지만 너는 가지마다 매달려

무슨 영감으로 허공을 걸어다니나

낯익은 안마당 하루치 잰걸음도 오지랖 깊은 잎, 잎에 담았다

시작도 끝도 가지 끝에 거꾸로 매달려

두 팔 두 다리 저려도 참고 또 견디며

아픔을 닦아내려 푸른 세상을 향해 끝도 없는 하늘을 품고

겨드랑이 피붙이의 살가운 배냇깃에

골목길마다 휘돌아 걷는 바람이 뒤섞여 색깔이 바뀐다

온몸에 새겨진 길이 한 잎사귀에도 수십 가닥 아로새겨

한 잎 한 잎 이슬 방울 집이 되어

길 따라 네 생의 아름다운 색깔로 물들고 있다

소신공양 귀뚜라미

면벽한 자세만

남기고

바람은 어디 가고

바늘만한 바람도 찾을 수 없다

여행은 너무나 고달프고 힘들어

힘들인 대가를 소리로 담아내면

졸음에 겨운 바람이 깨어날까

바람을 풀잎에 숨겨놓고

한 가닥 허기를 움켜쥔 채 온몸을 흔든다

그 안에 소리가 있어도 없어도

네 허에 도달한 바람을 빼내려 한다

잠자리를 버리고

온몸을 비벼

소리를 얻기로 한다

한 자세로

천 갈래 만 갈래로 흘러내린 생각이

산골짜기 풀잎 위에 이슬로 반짝반짝 빛나겠다

세상에 번민과 혜안이 골짜기에 구름으로 내려앉아

차가운 바닥에 고이고 고인다

절벽이 깊으면 더 길어지는 고드름

얕지만 파란 하늘을 서늘한 가슴에 담아

귀뚤귀뚤 소리

아기 잃은 엄마 울음같이 애절하다

싸락눈

하늘은 물고기 알을 출산해 놓고

둥근 시간을 돌아 나에게 손으로 찾아오네

잘 마른 잎사귀가 바스락 거리네

몇 장 겹쳐도 한 장 생잎 같은 싸늘한 바람의 뒤편

허공을 떠돌던 하얀 시선들이 더러는 별자리를 거느리고

나를 더듬기 시작하네

씽긋 웃는 듯 누구에게 쫓겨 달아나는 듯 가볍게 탭댄스를 추네

너는 둥구나무에 공원 의자에 문 닫힌 집에 열쇠까지 삐걱대며
집어삼키네

타닥타닥 미세먼지에 삐걱대는 가로수의 민머리를 그러잡아
갈퀴손으로 마구 잡아 흔들기도 하며 축축하게 닦아주네

거리마다 백미가 흘러넘치네

갈라진 혓바닥이 흘러넘치네

바람이 목젖에 달라붙어 꿈틀대네

나는 이 길이 맞을까, 저 길이 맞을까 사방을 두리번두리번 거리네

손금이 보이지 않는 손에 웃자란 바람이 안개가 구름이 타닥타
닥 내리네

금 밟지 않기 놀이하듯 두 다리가 버둥대네

두 동강 세 동강 난 눈알들 튀어오르고 기어가고

구름을 찢고 나온 폴터가이스트들이 천방지축 뛰어다니네

네 그림자를 네가 밟으며 베끼고 있네

자연스럽게 때론 엉성하게 입을 쩌억 벌리네

온갖 소동 부리고 떠난 불안한 자리는 바람과 구둣소리에 쓸려

누워 있던 골목들이 일제히 일어서네

하얀 속살조차 빛을 발하는 난리통에 시계는 무엇이든 가리키
려 하고

눈의 발단을 출발하여 가느다란 아가미가 발생하기까지 분주한
하루가 지나가네

가까우면 춥고 너무 멀면 배경뿐이고

혼신의 힘을 다해 녹아내려야만 하는 네 갈 길이 하얗게 코를
벌렁거리며 우렁우렁 깃을 치네

아침 풍경

김이 서린 창문
무심이 깊었다
낙숫물 주춧돌 깨먹는 소리 길어지고
그때
세간의 비밀을
엿보는 기운이 땅 속까지
깊었다

창문 앞
저 멀리
새들이 하늘로 번질 때

세계의 비밀을 엿보는
구름은 긴 머리 자르고
날개 뼈로 금을 그으며
목화꽃 터지듯
새하얀 깃털이 되었다

꽃들은 제 몸 태워 빛나고
낱장까지 펼쳐 나비의 둥지되고
죽어서도 꽃으로 번뇌하며
향기는 천상까지 더욱더
깊었다

첫눈

뿌연 안개 속으로 길을 가던 흰 나비들
층층이 땅에 쌓이고 있다
수런대는 겨울바람 살을 깎고
알몸을 부벼 흰 옷 입은 산들

하얀 바람의 검무에
아슬한 필라멘트 같은 눈꽃들 위태하다

맨 처음 어디에서 여기까지 온 것인가
꼬리를 무는 하얀 운구
조곡도 없다

늘 한 발짝 앞서 가던 은유의 포말들이
가문 땅에 마중물로 퍼올리듯
눈빛마다 여린 눈물
차가운 불씨 되어 샛별로 떠오르나

눈은 지상의 집들을 다 흔들기도 하지만
꿈이 깨질 세라 불이 꺼질 세라 스마트
화폭의 여백까지 전각으로 찍고 있다

손가락 걸고 약속한 첫사랑 그 눈빛
하얀 나비되어 온 세상에 훨훨 날아다니고 있다

억새밭

구름도 타래치는 오름등 고개 넘어
산등성이 뒤척이는 바람에도 한 치 두려움 없이 고개 드는 억새
그렁그렁 사레기침 꿀꺽꿀꺽 삼킨다

끝끝내 열매 맺지 못한
한 젊음을 불사르는지
육탈의 시간이 화르르 타고있다

얼음처럼 차가운 산에
잎 다진 나무들 저린 발로 일어서면
하얀 먹물로 번져가는 전사의 깃발 일으키는 억새
삼천배로 엎드리면
산 어느 어귀에 고단한 울음소리 하나 둘 나풀거린다

더 높은 쪽으로
더 깊은 쪽으로 발길 옮기는 너는
꽉 깨문 이빨 사이사이로 빠져나간 심음소리가 사방에 하얗게
내리면
허공 속에 바람 속에 그리움 흩날리는 꽃씨가 된다

시도 때도 없이 하얀 이마에 돋아나는 꽃씨들

바람소리 나직이 듣는 날

비로소 떨어지는 낡디낡은 윤회의 바퀴들

뿌연 입김에 인화되어 흑백 사진 한 컷 두 컷 소리 없이 찍힌다

산등선 마루 끝에 바람의 통로마다

안개의 뼈로 가벼워진 억새는

가사도 계명도 없는 노랫가락을 흥얼거리며

두 발이 아리도록 들썩들썩 걷는다

염전

문짝 안에 작은 바다들 어깨를 맞댄 채 조용히 누워있다
하얀 염전 위
뼈, 다 어스러진 몇 만겹의 파도 모두 죽었나

하늘과 땅의 경계에
물의 하얀 낱알들
눈부신 향으로 진동한다

잠을 자는 듯 걸어다니는 듯 벌거벗은 은빛 햇살의 숨소리가
파란 물을 들이마신다
밀물 썰물 끌어모으면 바닥에 눈물 꽃이 피고 또 피고 그 꽃 다
피는 날
누가 그 큰 바다를 시끄럽게 뒤섞는다

세상을 사로잡은 물소리들이 상자 속에서 수억 만개의 간절한
눈빛이 되어
나를 뚫을 듯 보고 있다
그 정체는 바다를 끝없이 헤엄친 누구의 눈물이거나
흐르지 못해 매달린 물의 눅눅한 한숨소리겠지

살 다 빠진 톱니 모양 물결들이 쓱싹쓱싹 사금파리 소리를 낸다

물의 싱싱한 소음, 소음. 무엇이 될까
하얗게 늙은 바다의 이빨 빠지는 소리
사방에서 달그락거린다

물의 나라에서 인자하게 태어난 짭짤한 후생들
우리는 모두 물의 하얀 갈비뼈를 믿는다
나는 언제 저렇게 하얀 바다의 마지막 줄거리가 될까
나는 언제 저렇게 세상에 빛과 소금이 될까

유목 답사기

그가 오고부터

삶이 시작되었다

바람은 벽을 거부하므로 벽을 넘어 떠도는 유목의 이름

그 이름에는 구름이 흐르는 소리가 있다. 물이 흐르는 소리가 있다

물고기소리, 풀소리, 나무소리, 새소리가 있다

그러다

뚝 끊어졌다 이어지는 머릿속 잡념처럼

어쨌거나 다시 자랄 것이다

하얀 씨앗의 날개들이 먼 이국땅에 무거운 발자국으로 찍힐

때마다

어색한 대사와 어색한 관계가 태어날 것이다

길도 없이 떠도는 철새들이 떠날 때는 납작한 털 속에 찔러넣은

정글이나 숲을 옮겨놓을 것이다. 그러니까 국경 없는 연애는

나라와 나라의 만남일까

깃털 하나 허공에 떨어져 엉클어진 실꾸리처럼 출근길도

퇴근길도 뒤죽박죽 엉킬 것이다

죽음을 데리고 노는 하얀 모래 언덕은 신발보다 맨발 앞에 몸을

낮게 낮게 엎드린다

하지만 유목이면서도 유목이 되지 못할 불안이

커튼처럼 남겨져 펄럭펄럭거린다

그가 오고부터 뒤죽박죽 어우러져 사는
정글의 삶이 시작되었다

초원을 모색하는 섬광 같은 목동의 눈빛에 막막한 사막은
새로운 숲으로 공존한다
유목의 피가 흐르는 그는
바람으로부터 구름이 태어난다고 믿는다
그런 구름에는 떠나는 사람과 돌아오는 사람이 있다
문득 예고 없이 조류에 떠밀려 온 중국의 모감주 나무숲
미군의 군화 끈에 묻어와 밤낮없이 깨어나는 매이크로버 화물선
짐 보따리에 딸려온 국적 불명의 풀씨, 다시 떠날 줄 모르고 자리
잡은 철새 누군가 방생한 중국산 청거북이, 외래종 미꾸라지 시리
베스
모두모두 저 마다 커튼을 찢을 줄 아는 야생의 본색일까
국경도 신발도 없는 맨발이 난다

일몰

허공을 태우고
쿠션을 펼쳐 놓는다

너는 화가가 되었구나
너는 화가를 포기했구나

꿈이 널브러진 햇빛이
가물가물 퍼져 사라진다

구름인 듯 하늘인 듯
원을 나열하는 버릇으로
공을 혼자서 눈처럼 굴린다
높게 낮게 구름 위로
자기 길을 소리도 없이 걷는다

온 만큼 가는 것들 시간도 저물었는데
헤어짐이 서툰 너는 이별을 준비 못해
이스트 넣은 빵처럼
그리움이 부풀대로 부풀었다

구경꾼들은 쉽게 모였다
기어코 빛 방울이 굴러 내렸다

온몸이 상처뿐이어도 저렇게
불의 꽃잎 하나 둘 얻을 수 있다니
누구라도 톡 건드리고 가면
붉은 숨결 하나 둘
선물 받았다는 듯 인사를 나눈다

팔꿈치로 배로 기어이 화산을 밀고 가는
그림자 붉게 일렁인다

잡초

해가 뜨면

마을 맨 안쪽까지 가벼워질대로 가벼워진

잡초 한 포기 다 닳아빠진 옷깃을 세운다

봄바람에 새순 돋아 나부끼고

하늘과 땅에 밥 익는 소리 나고 창공에 새가

높게 날아오르면 배고픔도 그리움이 되는 걸까

작업복 딸랑 걸친 나를 밟고 가는 도처에 수많은

발자국들에게 마구 밟혀 하찮아도

물 따라 바람 따라 길을 가며 아련한 살 냄새 풍긴다

빈 땅에 넌지시 핀 아찔한 허기와 공복이 목구멍에 걸려

부풀어 오르면 흐린 불빛을 쥐고 흔드는 아이들의 비린 살 냄
새가 코끝을 찌른다

비워낼수록 키가 자라는 공복의 화사함이여

고단한 새의 깃털 하나 둘 바람에 흩날리고 있다

공사판 십 년에도 남의 집 빌려 살다보면

책임질 일 늘어만 간다고 울컥울컥해도

어색한 웃음 한 장씩 풀잎에 바람에 꺼내줄 뿐...

나의 생에 건기를 맞아 바람 맞는 일이 아무리 너덜거려도

입 속에 숨은 혀가 칼날이 되지 않기를 험한 말이 되지 않기를

기도하며

잔바람에도 삐걱거리는 살림살이가 몸 한구석 다친 부위와 비슷하고

길바닥에 이대로 버려지면 어쩌나 부르르 떨기고 하면서

밀린 품삯 받으러 우르르 몰려가면

못이 박힌 발의 하얀 뒤꿈치가 사각거린다

모든 길은 나를 지나 집으로 향한다

우리 삶의 푸르른 날이 다시 오고 있는지!

밤하늘에 터져버린 아이 울음소리가 하늘 한 귀퉁이를 밀어올리면

치킨 집 통닭 한 마리 바가지를 쓰고 귀가를 재촉한다

풀과 나무에서 별을 보며

별이 깃든 밤, 학생들이 놀라운 발견을 했어요. 선생님까지 포함해 별 가운데 크기가 모두 다른 별들을 발견했어요. 그 크기는 방울토마토 보다 약간 작은 정도로 사람의 다섯 손가락 안에 들어가는 크기더군요. 우주가 정말 작군요. 야전 방카 같은 풀 위에 떠있는 집에서 만원경으로 보는 천체는 에메랄드 빛깔의 바다 같은 하늘이었어요. 우리는 모두 시간 가는 줄 모르고 별을 보고 핵융합 반응 같은 매우 조밀한 별을 보면서도 그 표면은 모두 어둡다고들 하는데도, 아니 멀리서 보는데도 매우 밝습니다. 이런 기이하고 조밀한 별이 바다 같은 하늘에 수억 만 개가 넘는다니

이제야 밤하늘도 밤바다도 이 지구도 조금 이해가 됩니다. 지금 여기 보이는 산소가 적은 야경이 참 아름답습니다. 어차피 낮에는 이 별들이 바다로 추락하거나 하늘로 사라지겠지만 그래도 별이 우리의 머리카락을 지나 손바닥을 지나 발끝에 모이는 만큼 불변의 질량에 대해 이야기하는 것이 오늘의 시 공부는 아니겠지요. 시는 풀과 나무로 시작해서 하늘에까지 상상 반응을 일으키면 참 좋겠어요. 저 먼 곳에 있는 별에 대해 멀리 있다고 말하면 안 돼요. 또 별을 다 안다는 것처럼 핵융합이니 중력을 연구하지도 말아야죠. 차라리 인간의 눈물로 인간의 상상으로 별 부피를 짐작하는 것이 더욱 아름

다운 일이겠죠. 풀과 나무의 방 주변을 서성거리다 별 멀미를
앓는 것처럼 말이예요.

　여기 풀과 나무 방에 중력이 약해서 우리 몸의 상당 부분이
기체로 존재하면 좋겠어요.

　우리는 방안 창문을 서성거리며 별 멀미가 난다고 말해요.
그래서 언제나 별자리의 끝은 우리 희망의 렌즈에 담겨 있지요.
미세먼지 탈출한 우리는 벌거벗은 하늘을 향해 중얼거리지요.
아파트에서 이미 실종한 별을 풀과 나무의 방에서 지금 불을
확 피우고 있지요.

황강의 봄

지리산 너머 황매산 너머 황강
꽃과 꽃 진한 포옹 합천호에 와서 본다
잔주름 굽이굽이 벚꽃 나무를 업은 황강
붉지도 희지도 않은 송이송이 꽃 잔치에
천지가 시끄럽다

도로마다 강마다
꽃눈이 펑펑 내린다
흰 듯 붉은 듯
불러모으고 버리고 지나가는 바람에
화사한 풍문 길바닥에 강물에 띄워 보낸다

더없이 순하고 얇은 꽃잎들 노래하는 중인데
붉고 희고 검고 푸른 등이 넓은 차량이 지나간다
얼마나 아름다운 세계들이 찰나에 뭉그러지는지
죽어서도 최선을 못다한 향기 때문에
너 그렇게 야위어져서 하늘로 날아오르나
아무 소리도 없이

누구나 이곳에 오면 꽃이 된다

쓰레기도 꽃이 되고

꽃도 꽃이 되고

웃음도 울음도 꽃이 된다

붉은 햇살이 내려앉은 오후

지금 누가 무엇을 연주하는지

꽃잎이 새처럼 날아오르며 하늘을 텅텅 울린다

꽃잎이 붉은 맨발을 꾸불꾸불한 길에 내려놓으며

천지를 벚꽃으로 도배하는 중이다

겨울비 플랫폼

나조차 없는 느낌의 눈 속에 아무도 없는데
맨 몸인 채 나를 말하기 위해
회화적인 귀를 바닥에 대면
온누리 텅 빈 가슴인데
손을 잡으면 내 그림 내가 흔든다

열매 없는 계절이라도
잠든 나에게 속삭이는 또 다른 내가 있다

목판 위는 땅과 하늘의 내부
나는 홀로 그 주위를 맴도는 사람
떨어진 자리에 얼어붙은 낙엽들 표정을 붙잡고
칼끝을 움직이며 무엇이 힘겨운지 갈지 자로 흐른다

온갖 양념 버무리는 밥그릇은 어디에도 없고
밭마다 마른 배추빛으로 햇빛보다 더 빛나는
볼록 판화 오목 판화

메마른 침묵이 숨을 멈추고 지나가는 길
확 바뀐 생의 지형도

날숨 쉬는 가냘픈 산도 들도 바람에 파르르 몸부림친다

떠도는 낙엽들이 집이라는 건
담벼락에 난 자국을 따라 말없이 모이기 때문
비스듬히 화판에 그려놓는 몇 가닥 햇살이
얼룩진 삶의 흔적을 씻어내리고 두드려 나가면
새 우는 소리가 내 이마에 감기고
잎이 떠난 나무들의 이름 위에 새움이라는 글자를 새겨 넣어
글자마다 맥박을 뛰게 하면
너에게 난 나에게 넌 건강한 나무 하나 키워낼 수 있을까

낙엽

그는 이미 말라버린 나무
조금씩 빠르게 허물어지는 어둠처럼 해가 진 나무

공원에 정원에 길가에 들에 산에 잎이란 잎은
모두 날개 없는 새다
얼굴만 있고 꼬리만 달린 그는 현란한 무희다
걸으면 걷는대로 뛰면 뛰는대로 내리면 내리는대로 춤이 된다
허나 헛발질 다음에야 길을 열어주는 허공 길
아슬아슬한 추락도 많이 한다
허공에 날개를 펼칠 줄 아는 감각과 끝없는 추락을 두려워하지
않는 용맹을 함께 지닌 새다
아니 시도 때도 없이 황혼을 연주하는 붉은 안개다
느낌표를 그리기도 전에 느껴지는 것들 숨소리도 내지 않고 땅
위에서 걷기도 하고 허공을 휘저으며 날기도 한다
그는 필시 새의 조건을 두루 갖춘 날개 없는 울음 없는 새일 것
이다
이 세계에는 삶도 없고 죽음도 없다
안락함과 편안함이 있을 뿐
자신의 엉덩이가 깨어진 줄도 모르고
한쪽 어깨가 처참하게 잘려나간 줄도 모른다

엉망진창이 된 몸으로 편안히 앉았다

툭툭 온몸을 털고 일어설 때는

뒤집힌 얼굴을 좋아한다

세상의 온갖 바람 앞에 몸을 버리고 너울너울 춤추는

안개 속 작은 우주

몸을 버린 편안한 마음의 결들이 명쾌하다

눈의 소음

나무의 움들이 뻗어내는 손발가락이
병아리가 부리로 땅을 쪼는 것 같다
어두운 땅 깊숙이

바람결에 웅크린 채 헛손질로 짚은 생명
그 작은 어깨를 감싸안으며 달래는 건 하늘
파르르 물 오르는 소리가
누웠다 일어선다

바람에 기울기를 맞추는 솜털뿐인 주둥이들
울음소리 하늘로 날아오르고
햇살은 숲 속으로 은빛 날개를 던진다

남쪽나라 저 너머 아지랑이들이 물빛에 젖을 때
가까운 능선에서 머나먼 정상까지
쓱쓱쓱 사방에 날을 세운 칫소리
하루하루 무뎌진다

이빨 다 빠진 설산에
공기는 더욱더 더워져

그 많던 겨울의 기억과 사연은 어디로 팔려가고

새 빗장을 수선한 뒤 허공까지 붙잡고

질척이는 길로 목발을 짚고 걸어온다

한 떼의 물까치가

울음을 뱉어내는 산속

햇살에 발 맞추어 파르르 하늘이 누웠다 일어선다

국화

두 개인 듯, 하나 인듯 하얀 무덤

탄량골과 박산골에 걸쳐있다

꽃으로 흘러 넘친 단물이 추모공원을 풀어 먹이고 있다

금비늘 은비늘 햇살 좋은 가을

캄캄한 역사의 어둠 속 헤매이다

하얀 핏자국들이 전쟁의 고단한 도장으로 찍혀 있다

골진 주름을 펴려는 듯 조용조용 비가 내린다

발톱 끝에 돋아난 꽃이 하얀 꿈속 같다

만나볼 얼굴 하나 없어도 밤마다 뜨는 별은

코 닫고 눈 닫고 귀 걸어 잠그고 빗속으로 들어가 꽃잎이 된다.

몸속으로 흘러온 바람의 꽃

살고 싶다고 버둥거리다

몸 끝 정수리에 바글바글 하얗게 박혀 끊임없이 맴돈다

눈을 감아도 눈을 떠도

생의 무늬들이 이마에 눈에 입에 피고 진다

아버지의 그늘

마지막 잎새

그 어떤 동네 마지막 골목

납작한 붉은 벽돌집 꼭대기 방에

묵은 먼지 탈탈 다 털어내고 꺼낸

시집 한 권

첫 장은 바람소리 스며 있는 이불 한 장

빨래줄 위에서 너울너울 줄타기를 한다

폐렴에 걸린 듯 콜록콜록 기침을 하며 사경을 헤맨다

그는 출렁출렁 오래도록 서 있었을 배다리 멧목 위로

저문 해를 업고 떠나는 새떼를 향해

앙상한 나뭇가지 방 안에서 붉은 속살 환히 드러내고

척척 널고 싶어도 몸 없이 상징만 남아 있을 때는

억새의 목울대로 울고 싶은 그런 날

저 먼 길 방황하다 턴테이블 음반처럼

갈잎의 마지막 격을 새우며 마음을 다스리는지

넘어가는 책장에 노을로 갈채를 펼치기도 한다

별들도 산란을 하면

책장 한 장 넘어갔다 다시 돌아오고

있으나 없으나 한 네 모습에

가을은 화답도 없이 저녁을 몰고 간다

이쯤에서 내려놓을까 시간 속의 삭은 갈잎이 사막을 걷고 있다

세상의 모든 기억은 가장자리만 별을 총총 심는가

누군가를 기다리며 겨울이 깊어진다

등끼리 부딪히지 못하여 저 홀로 가벼워지다

등뼈 다 삭은 얇은 너는

네 안에 일어서는 하늘 향한 몸짓

어깨를 두드리는 구름 한 장의 숨결

지문 다 지워진 목마른 환희로

냉기가 우글대는 바람에 맨살로 온몸 적시며 길을 찾아

끝없는 여행을 떠난다

밀밭

유월 밀밭은 늘 눅눅하다

바람에 매달린 형형색색 노란 물감 풀린 가느다란 긴 수염들

이랑마다 눈부시다

하공에 떠다니는 구름을 건져다가

한 알 두 알 속이 허한 허기 달래려

밀꽃 피었다 진

이따금 가웃거리며 무엇이 떠나든 남든 하늘과 들판에

밀밭 속 길은 잠시 머리 숙여

발 아래 골이 있고 몸 뒤에 몸 앞에 골이 있고

한 줄기 두 줄기 아무리 어두워도 곧게 줄을 선다

아릿한 그 맵찬 무더위에 코끝마다 찡해 오고

바람이 시나브로 밀 이삭들을 닦으면

그 맑은 밀 향기가 잠자는 산을 깨운다

비로소 소실점 너머 겹겹이 거친 껍질 속에

노란 알 감싸 여민 하얀 속살 더욱더 구수해진다

찬 이슬 못내 견디며 매운 결기 키워

허리 펼 겨를도 없이

허기진 저녁 노을 석쇠 위에 구워질 때

곧은 등뼈 굽은 어머니 아버지 핼쑥한 얼굴

논밭 일구다 여윈 두 손

어중간한 간이역쯤에 발 묶여 선 완행열차 같이

쓸쓸한 세상 너머의 따뜻한 내일의 밀알들을 한 웅큼 쥐어 본다

사막

예초엔 동산이었다 기억만 살아 있는
금비늘 은비늘 빛살 좋은 날만 살아온 나날
세상을 호객하는 바람들 틈에서야
향기는 고사하고 비릿한 냄새조차도 다 말라버리고
내 몸에 너덜거리는 것은 다 벗어던지고 알몸이 되어서야
바람이 쓸고 간 교요한 자리마다
한물간 눈알 초점 없는 세상에 어물쩍 태양의 눈빛 맞추다
폐허로 남겨진 고단한 삶의 뒤켠
벌레처럼 오그라든 몸뚱이 하나 둘
모래산맥에 무덤처럼 웅크린다
수천 수만 번 퍼덕거리는 모래비늘 속에서
별빛도 달빛도 잊은 지 오래다
바람은 알고 있나 저 깊이 꿈틀대는
태양 아래 타들어가는 사막의 소리 없는 소리를
수천 번 수만 번 파도치는 모래의 역사를 새기고 또 새긴다
모래의 빈 웃음들이 지평선 위로 부풀어 올랐다 사라진다

온 가슴 펄펄 끓는 갈증의 사막엔 무엇이 갇혀 있는가

별

아침과 밤 사이 지구 반대편으로 쏠린

별자리마다 이슬 냄새가 훅훅 끼친다

가 본 적 있는 것 같은 울렁이는 향수가

천지에 빛난다

별은 동물원에서 보이고 탁아소에서도 보이고 구둣가게에서도

보이고

어둠이 내리는 밤의 절정 속에서 쑥쑥 더 자라나겠지

나는 별을 본다

어느새 내 마음 창공에 닿아

별을 따라 걷는다

내 발에서 천년 넘은 나무향이 난다

발이 세상을 바꿀 것이다

억겁의 시간으로부터 솟은 동그란 자수정들

저 높은 하늘에 누가 편안히 등을 대고 누워

별이란 새 희망을 새긴 것일까

세상에 어둠을 벗겨내는 알싸한 빛의 필체로 된 난해한 상형문

자들을

소리 없이 캉캉 낭송한다

저 속에 혹 지워지지 않는 내 태곳적 이름을

누가 발설해 줄까

아무리 앞으로 걸어가도 뒤로 돌아가는

발자국마다 흙냄새가 훅훅 끼친다

아파트 무릎에 눌린 사람들은

별을 볼 수 없다

눈을 모두 감아버린

도시의 무릎에서 사막 냄새가 훅훅 끼친다

별이 자신의 몸을 찢어 밤새도록 초록빛을 터뜨리면

　밤 사이 별로 눈을 씻어낸 풀잎 이슬은 누구를 위해 찬란한 노래

를 부르는가

불나비

손바닥으로 눈을 날리며 걸어갔지

겨울 몸살에 기화(奇花)를 신청해

바글바글 피어나는 푸른 나라로

돌아가려 했지

답은 더뎌지고

내 날개의 아래 위로

겉과 속에 묻은 빨, 주, 노, 초, 파, 남, 보는 가벼워

쉬엄쉬엄 비릿한 풀과 나무의 동맥 정맥 비늘들까지 파먹고

폭설로 저문 선술집 주모의 맵싸한 욕지거리까지 파먹고

햇빛의 뼛속까지 다 파먹고

초경을 치른 듯

내 몸이 온통 다 붉어져서야

모록모록 꽃 위로

나비 날개를 펴며 돌아왔지

이름 모를 꽃 위에

이름 모를 나비 한 마리

손발이 다 닳도록 머리 숙여

제 속에 흘러넘치는 꿈을 향해

꽃이 피고 있는 높은 음자리표 위에서

제 몸보다 더 큰 춤을 추었지

너울너울

미세먼지 쏟아지는 채찍에 도깨비 가면까지 쓴

뿌연 사람들 위로

화성 향해 날아가는 지구 탐사선

새벽

밑그림은 늘 저만치 적막조차 물러선 눅눅한 먹빛이다

밤인지 낮인지
서리 내린 길이다
지나온 길 다가올 길 곱게 깨어
저음으로 부서지는 악장들이
찬 서리 머금은 잎새마다
하얀 상처 새기네
먼 빛살무늬 틈새에서
새벽을 건너가는 소리가 죽은 안개가
빈 하늘을 감아도네
아무 무늬 없는 아리고 부르튼 손 움켜쥐고
용역회사 앞마당에 불을 지펴
겹겹이 옹이진 이 골목 저 골목 어둠을 거둬내네
빈 하늘에 화인火印 찍힌 가슴팍
빛살 돋아 일렁이네
살아 춤추는 햇살로 먹구름을 거둬내고
때 묻은 지구촌 사람들이 해외송금 계좌에 일부인을 찍네

안개

천지가 하얗다
할머니의 머리카락도 하얗다

시詩인가 보다
입 안 가득 넣고 꼭꼭 씹었다
나도 모르는 사이 하얗게 갇혀 버렸다

모든 것은 하얗게 시작되고
모든 것은 하얗게 끝났다

오늘은 백지인가 보다
변명은 색깔이 화려하다

내면에 내면이 쏟아져 하얗다
진실을 표현하기 위해
나를 표현하기 위해

뼈마디 하얀 빈 벌판에
깊디 깊은 하얀 피 지금 수혈중이다

수취인도 없는 집에 배달을 가고
눈길에 오토바이 썰매를 타고

테너는 조용하게

베이스는 다음 음을 기다려지게

마른 한삼덩쿨 숨 죽이는 저녁에 오직 한 번

네 속에 부드러운 마음을 드러내지

장독대 틈 사이로

오지마을 바람소리 억양을 담아

뱀허물 너울거린다

우체통은 주인 없는 편지를 담아놓고

별들은 갈 곳 없는 헐렁한 다리를 잃는 늙은 감나무에

옹기종기 파란 심지 태운다

처마는 구부러져 살이 파이고

기와는 경사를 탄 굽이굽이 물결이 뚝 끊어져

눈물도 더 못 흘린다

방과 방 사이 들락거리던 진양댁

달덩이로 떠오르고
손주들 얼굴 옹기종기 온 마당에 즐비한데

가던 길을 두 손 높이 든 채
이리저리 뒤엉킨 한물간
옛사람들의 흩어진 근황을 묻는다

날비같은 흙먼지 맞은 깊은 마당에
발신인 주소마저 지워진 편지 몇 장 갈라져
바람에 너울너울 도깨비춤을 춘다

나는 이런 동네에 배달을 간다

아버지의 그늘

그늘은 늘 누워 있었다 앞이 뒤같이 뒤가 앞같이 더럽힌 낡은 물이
흐르는 마당 끝에서 불붙은 해가 잠시 그를 놓쳤다

아버지는 몇 년 전에만 해도 떵떵거리며 동리장을 10년 이상했다.
두꺼운 발톱과 무좀을 지독한 병이라 부르며 탕의 수정기를 불러
모아 이야기를 나누다 바닥에 넘어져 모든 사람이 지닌 뇌신경이
모두 죽어버렸다 그 고요해진 자리에는 물과 불 바람까지 어둠으
로 첩첩 쌓였다 머리에는 머리가 없다 가슴에는 가슴이 없다 손에
는 손이 없다

그늘은 잠깐 머물뿐 옷을 다 벗고 누워 있다 몸을 만져도 몸을
훑어도 몸을 밟아도 괜찮다 나무 밑에 담장 밑에 집 밑에 그늘은
늘 집이 없으므로 아무 데서나 멍하니 누워 있다 어쩌다 자신이
어디서 왔는지 물어보기도 한다 그늘은 또 자기 실상을 찾아 잿빛
두루미처럼 목을 길게 빼고 주변을 두리번거리기도 한다

아버지가 아무리 생사를 거듭해도 엄마는 마른수건에 흰 우유를
부어 열고 닫히는 문도 없는 그늘 뿐인 아버지를 매일 깨끗하게
닦는다 지구 반대쪽으로 쏠리는 별을 일으키며 무엇이든 붙드는
엄마손, 아버지는 몸을 닦기 싫어하는 어린 아이가 바늘털이 숭숭

난 괴물을 만난 듯 가는 목으로 저항하는 듯 무의식적으로 몸을 꿈틀꿈틀 거린다 이곳에만 오면 나는 오늘 도착한 나도 모르고 내일 도착할 나도 모른다

　그늘은 꼭 거머쥐고 박재되어 세상에서 가장 낮은 바닥에 꽂혀 있다 아무 내용도 없고 문자도 없다 그렇다고 세상에 문제아는 아니다 군이 더 말하자면 그늘은 이미 낡고 의미 없는 그림이다 물감 없는 그림이다 그늘은 다 버린 몸 그 몸을 또 금세 뛰어넘는 바싹 마른 LED 불빛이 병실 침대 위에 요람으로 덮인다

　우연이듯 필연이듯 땅 위에 오래 펼쳐놓은 그림책 하나 다리 없는 벤치 하나, 아니 하늘과 땅 해와 바람의 그림자 하나 광선이 닿지 않는 불투명한 음영 하나 한 번도 뇌 밖으로 나가 보지 못한 아버지의 실외투증후군* 아무 무게도 없는데 너무 무거워 일어날 수 없다

*눈은 뜨고 있어도 시선이 고정되어 있지 않고 여기저기로 움직이는 증상.

얼음불상의 외출

물 향기 졸고 있는 조용한 골목 안

7월의 무성한 빛도 안으로 들어오지 못하는 비좁은 굴 안에

가부좌한 인형 같은 사람이 주저앉아 있다

아니 마냥 죽은 듯 앉아있다

손등과 발등이 잘려 나갔지만 아프진 않았다

긴 세월 거느린 어둠이 무거워 일어설 수 없었다

쉼터 하나 없는 차가운 얼음을 온몸으로 부여잡고

하늘빛 불타는 눈동자에 길라잡이 바람으로 지구본을 회전하던

애타게 매달린 지나간 세월

잠자는 눈 따뜻해진 망막에 맺힌 먼 길들

꿈을 향해 달려온 얼음 사람

거리에 버려진 의자 하나보다도 더 외로운 노인

이웃집 베트남 전쟁터에

허리도 펴지 못하고 바싹 마른 꽃다발 같은 몸

두 다리 여백도 한 점 없이 평평하던 시절

낡은 몸을 접고 앉은 안개 낀 풍경이 배수진을 친다

하늘을 바라보고 낱말 공부하고 있는 듯

유통기간 지난 몸을 부르르 떨며

그림자 하나 뛰어다닐 자리도 없는 외눈박이 암실에

높은 하늘 더 위에서 달려오는 먼 달빛에
집도 아닌 움막에 들어가 앉아 있는
얼음 같은 사람의 그림자가 하마 같다

지우지 않아도 지워지는 몸
우는 듯 웃는 듯 있는 듯 없는 듯 어진 눈
뭉치고 흩어지고 떠돌다
한 줄기 바람에도 소리 없이 녹아내린다
천상의 하루도 못 사는 노인은
멀리 안광만 흐리면 지구에서 외출하고 싶은지
나막신을 신고 초음파 지팡이를 찾는다.

이불 밖으로 나온 머리처럼 생각 많은 그 유리집

누워 있어야 할 늙은 유리 인형이 깨어 일어나면
새가 둥지 안으로 날아들어 말랑하고 따뜻한 알을 낳은 것처럼
집이 집같이 되고 새벽이 투명하게 들어오기 시작한다
밖에는 도도새가 울고 바람은 유리문 앞에서 휘어진다
밑이 드러나지 않은 그늘의 안과 밖이 절벽을 거느리고 내성을
키운 삶을 암중모색 중인 방에 기쁨과 안도가 터무니없이 먼
곳에서 천천히 여기로 모여들고
TV 속에서 지직거리는 화면은 어두운 언덕을 넘어가고 있는
군인들의 긴 행렬 뒤에
"빈곤 결식 아동들에게 한 명의 친구가 되어주세요."
NGO 단체의 공익광고가 좋은 생각해보렴, 사방 벽 끝까지
사람을 부추긴다
양 발목에 양 옆구리에 양 가슴에 나무와 흙이 박힌 사랑의
기억들
세상과 유일하게 소통하는 유리를 둘러싸고 생존한 아니,
유리의 배후가 되어 스스로 결속된 단단한 장벽들
편백나무 침대 위로 거미줄을 입에 문 내 몸이 지나가면 마을에
아이들 웃음소리가 들린다
골목 안쪽으로 흘러들어 고이는 풍경은 늘 활기차다

늦은 밤 집으로 돌아오는 문 따는 여자의 소리가 들리면 그때
부터 온 몸에 힘을 빼야 한다

사각으로 내몰린 유리의 발목을 덮은 신발들

유리에 중독되어 태어난 방들은 막다른 그늘의 무거운 장막은

냄비 타는 냄새가 새어 나오더라도 손은 놓지 않아야 한다 그쯤에서

그늘의 낭떠러지가 다가오고 알몸에 구름과 바람과 물과 별빛을 걸친 바깥세상이

방 안으로 막무가내 밀려들어와도 노을을 오래 눈에 담은 집이 사방으로 바깥을 살펴보고 있다

유리는 유리대로 나무는 나무대로 벽은 벽대로 반복되어 태어나고 있다.

난 그들이 쏟아낸 그림자에도 매일 밤 자라나고 있다 이런 유리와 나무와 벽의 언어들은 항상 긴 잠을 자기 위한 하나의 문장이었다 드디어 작고 캄캄한 하늘에 종이별이 뜬다 방이 아무리 개과천선해도 방은 방이다 하지만 인자한 감나무와 아무것도 쓰여 있지 않은 사연 없는 편지를 주고받으며 얼굴만 보이면 하하 웃는 먼지 묻은 담요 같은 마당은 쓰러져 누워 있어도 늘 건강하다 이불 밖으로 나온 사람 머리처럼 생각 많은 우리 집은 항상 내 것 인데도 내 것이 아니라 더 조심스러워진다

자벌레

입술을 달싹일 때 등고선이 느리게 펼쳐진다.
산은 언제나 우리의 너머에서 우리를 기다리고 있다
행려자의 안식처 같은

거기에 기쁨도 안도도 터무니없이 먼 곳으로 흘러나가고
나무 속을 걸어가는 군인의 긴 행렬이 지지직거리고
하얀 나무밥이 바람에 날리고 있다

나무 한 그루는 아파트 한 동일까

풀잎처럼 흔들리는 그림자
나뭇잎들은 은빛을 힘없이 풀어헤친다
물기를 깨고 나무 냄새 번져 오는 오후

물렁한 벌레들이
젖을 희끗희끗 빤다
도벽은 쉽게 완성되고 있다

하얀 실타래를 돌리고 엮어서 만든
식물학자가 동경하는 단단한 가문비나무 방 안을

이빨도 없는 입으로 천천히 허물어 들어간다
가시 없는 생선의 하얀 속살만 아삭아삭 삼킨다
웅웅거리고 내장 부서지는 수액까지 삼킨다

내려야 할 역을 잃고 흘러나오는 폐렴형 페스트 먼지를 헤치고
수십 개의 발로 나무 속에서 건반을 치는 뚝심 좋은 자벌레
나무에 갇힌 나무들 길고 가는 손가락 부러지고
핏방울 소용돌이 하얀 안개 소동이 일어난다

거북이 등처럼 몸에 금이 가고
밤과 낮의 경계를 지나는
생과 사의 경계를 지나는
허공길 가는 갈매기 울음소리가 끼룩끼룩 미역 줄기처럼 늘어진다

아무도 점령할 수 없는 나무의 국경에
비치나무 가문비나무 뿌리 뒤틀린다

적막한 풍경

큰 교실 구석에
이미 죽은 지 오래 된
뻐꾸기 시계가 있다

뻐꾸기는
누가 아무도 없는 들판에
탱자나무 울타리 서 있는 것 같다
벚꽃이 한 번 피어도 몸 속을 돌지 않는
단단한 그늘만 그 속을 꽉 채우고 있다

교실 바깥쪽을 넘겨보거나 내다보곤 한다
또 아주 오래 전
말들을 수습해서
시침 속에 분침 속에
초침도 없이 숨겨 놓았다
분침도 시침도 얼마나 헐렁한지 큰 몸이 접힌 채 낡아간다

온통 먼지 칠갑한 마음
한밤중 같이 캄캄하게 몰락한 바닥은
지금 무엇을 말하고 있을까

찰칵찰칵 규칙적으로 소리 내고 있던 학생

10명에서 5명으로 되었다

왈칵 무서워졌던 그런 적막감마저 지금은 없다

먼지가 뿌리 내린 미망의 바닥에

바람의 필체로 쓴 해독할 수 없는 문장이 엉금엉금 기어다니고

아무도 없는 교실 벽에는 울지도 않는

뻐꾸기 시계 하나 둥실 매달려 있다

축축한 방

어디에나 머리카락 같은 잎맥이 있다

깊디깊은 물 속에도 죽도록 달려야 하는 뿌리가 있다

오르는 계단도 하나 없이

늪지의 허공에 어찌 올랐을까

갈기갈기 칼을 세운 이 깊은 가을에

물이끼가 달라붙어 코를 벌렁거리는 수면은

사방에 낡은 벽을 거느린 방바닥이다

낮에도 밤에도 잠들지 못하는 불면증 환자다

계절은 바람과 갈대에 쓸려

태양의 서쪽으로 이동한다

그들은 코끝이 가려울 때마다 얼굴도 머리카락도 회색이다

말없이 물 속으로 흐르는 어둠조차 섬기던

가녀린 목청 돋아 우렁우렁 짖는 강변

바람에 뽑힌 흰 왕관에 붙은 깃털들

가을마다 잎이 물 위에 떨어져 황급히 움켜쥐는

떨어진 나뭇가지며 한숨 쉬는 낙엽을 주워 올려

의자를 만들겠다고 푸석거리면

네 몸에서 통통 부은 먼지가 일어난다

너는 코끝에 떨어지는 햇빛을 주워 창문 앞에 모아두고

창을 두드리는 그리운 발자국 소리가 나면

그 빛 속에서 환한 얼굴로 다시 태어나고 싶다

하얀 복사뼈 아리도록 들썩들썩 속을 다 비우고 흔들리는
너는 도대체 어디를 가고 있나

해돋이

첫 차도 오지 않는 이른 새벽

잔 고개 넘어 내달리는

간절한 눈동자들이 있다

함성 지르며 동그랗게 웃는 해를

푸슬푸슬 가슴팍에 꼭 껴안고 싶은 날이 있다.

떠나간 꽃도 새도 하늘로 날아올라 나무는 더 자란다

어두운 산 정상을 향해 빠른 시속으로 달린다.

헛돌던 내 마음 모닥불 연기 따뜻하게 젖는 새벽이다

사람인 듯 사람이 아닌 듯

길인 듯 길이 아닌 듯

하나 둘 어두운 장막을 헤치고 나온다

사람들은 수많은 트랙을 달리는 주자들 같다

슬픔이 없는 새해가 두려워진다

날마다 다닌 길이 처음 보는 사막 같다

산비탈을 이리저리 핥으며

하늘이 밤마다 씻어 걸어둔 새벽을 꺼내 발에 신고

두 어깨 위에 구름 한 채 얹고

접어 둔 빈 노트 한 장 꺼내 새 희망을 꿰맨다

해는 있는 힘껏 젖 내밀어 아이 입에 물리느라 여념이 없고

세상은 끝도 없이 떨어지고 솟구치는 꿈을 꾼다

첫 애 순산한 새댁 젖가슴처럼 물렁물렁 출렁출렁

춥고도 매운 산봉우리 이마에 눈부시게 솟아났다

해, 하고 내가 부르면 명치끝이 저린 아침

꽃처럼 피어난 너의 원시적 불립문자가 내 위에 떠있고

오직 불타는 심장으로만 당도한 신의 둥근 방 안에서

먼 데 빛나는 강줄기까지 바라보고 불의 비늘처럼 일어난 피부들

그것을 적셔 산과 들 지평선을 향해

제일 평화롭고 뜨거운 봉돌에 끼워 찌를 훅 멀리 던진다

황혼

산그늘 뛰어내려 몸살 떠는 어슬녘에
소나무에 등 기댄 채 몸 푸는 저녁놀
산천초목에 맥 짚어가더니
불현듯 멈춰선다
태양이 뿌리채 솟구쳤나 핏빛으로 불끈댄다

설화 속에 오래 된 침묵 하나
되살아나는 이 저녁
오래도록 어둠을 우려내는 시간이 오는 것을 안다

너도나도 벗어 둔 금빛 욕망들
허기 쪼던 저 허공 숨을 죽인 한순간에
빛이 빛에 부딪쳐 쑥쑥 자라난다

빛이 고이는 시간들
물고 틀고 다시 흐르면
몇 겹 생을 건너와 말을 거는 이 저녁
남겨진 거리보다 한 발 앞선 어둠을 죄다 밀어내며
산과 산 힘주어 잇느라
온몸 꿈틀댄다

어둠의 음보 속에 길을 잃은

저녁이 오기 전에

비릿한 젖 냄새에 목젖이 떨리는 이 시간

만나고픈 열망 하나

닫힌 문을 열었는지

어둠 한껏 움켜쥔 붉은 목덜미가 하늘 높이 솟구친다

마지막 빛을 향해

셔터를 누르는 먼 발치 카메라들

엄환섭 다섯 번째 시집

풀과 나무에서 별을 보며

초판 인쇄 2019년 5월 25일
초판 발행 2019년 5월 30일

지은이 엄환섭
펴낸이 홍철부
펴낸곳 문지사

등록 제25100-2002-000038호
주소 서울특별시 은평구 갈현로 312
전화 02)386-8451/2
팩스 02)386-8453

ISBN 978-89-8308-544-3 03810

값 10,000원